KB124683

이제 내가 행복해지는 마술을 할 거야

이제 내가 행복해지는 마술을 할 거야

지은이 피터 래빗×마술사 최현우
펴낸이 최정심
펴낸곳 (주)GCC

초판 1쇄 발행 2018년 8월 30일
초판 7쇄 발행 2018년 10월 20일
2판 1쇄 인쇄 2019년 3월 20일
2판 1쇄 발행 2019년 3월 25일

출판신고 제 406-2018-000082호
주소 10880 경기도 파주시 지목로 5
전화 (031) 8071-5700 팩스 (031) 8071-5200

ISBN 979-11-90032-00-1 03810

www.nexusbook.com

매일 당근뿐인 삶은 없어

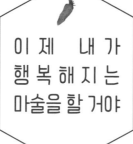

이제 내가
행복해지는
마술을 할 거야

피터 래빗 × 마술사 최현우 지음

넥서스BOOKS

저는 본업 마술사, 겸업 유명 마법학교 후뿌뿌뿌 기숙사 출신 마법사입니다.
《이제 내가 행복해지는 마술을 할 거야》의 출간 소식을 듣고,
"마술책도 아니고 뜬금없이 감성 에세이?"라며 의문을 가지는 사람이 많을 거예요.

학창 시절, 나서는 걸 좋아하지 않는 소극적인 성격으로 공부만 열심히 했어요.
이른바 강남 8학군이라 불리는 곳에서 반장·부반장을 하며 부모님이 바라는 대로
착실하게 살다, 마술사가 되고 싶어 집을 나와 막노동을 하면서 마술을 배웠죠.
1996년에 처음 마술사가 되기까지, 그 이후로도 매 순간 고비는 있었어요.
다른 사람의 평가에 휘둘리기도 하고, 열등감을 느낀 적도 있었어요.
대인관계에 어려움을 겪으며 울기도 하고, 마음고생도 했죠. 일이 생각대로 풀리지
않은 적도 많았고, 노력만큼 결과를 얻지 못하기도 했죠. 큰 사고를 당한 적도 있어요.

하지만 많은 일을 겪으며 깨달은 게 있죠.
'항상 행복한 건 무리, 불행한 건 일상적인 것.'
자신이 제어할 수 없는 불행도 있고, 사람들과의 관계 속에서 느끼는 불행도 있어요.
어떤 종류든 불행을 겪으면 마음이 여린 사람도, 단단한 사람도 많이 아프죠.
하지만 예고 없이 불행이 오듯, 불행이 지나면 또 행복이 와요.
많이 힘들고 아프지만 불행이 삶을 휘두르지 않게 단단한 마음 자세를 가졌으면 해요.
그러면 불행에 가려졌던 행복이 보일 거예요.

이제 나는 이런 이야기를
베아트릭스 포터의 유명한 악동 토끼, 《피터 래빗》과 풀어 가려고 해요.
물론 여기에 적는 내 이야기가 독자의 생각과 다를 수 있어요.
공감 안 되는 부분은 책장을 빠르게 넘겨도 좋아요.
지금부터 이 책으로 마음을 움직이는 새로운 마술을 보여 주려고 해요.
이 책을 읽은 당신의 마음을 1초라도 편안하게 만든다면, 성공한 마술일 거예요.

마술사 최현우

저는 산업 혁명으로 경제적 성장을 이룬 19세기 빅토리아 시대,
런던의 부유한 가정에서 태어났어요.

어머니는 전형적인 빅토리아 시대의 여성이었어요.
가정을 잘 돌볼 것, 남편을 내조할 것, 예의 있을 것, 부모의 말을 거스르지 말 것.
이런 것들을 실천하며, 아버지에게 의존적인 삶을 사셨죠.

여성은 전문적인 교육보다는 교양을 쌓는 교육을 받아야 한다고 생각하는 시대,
당연히, 가질 수 있는 직업도 남성보다 훨씬 적었어요.
이런 분위기가 만연한 사회였지만 저는 어머니처럼 살기는 싫었어요.

그림 그리기와 글 쓰는 걸 좋아하고,
누구 눈치 볼 필요 없이 제 생각을 드러내고 싶었죠.
그래서 동화책 《피터 래빗》에다 사회에 드러낼 수 없었던 나의 생각을 담았어요.

피터를 엄마 말에 순응하지 않는 토끼로,
누구의 말도 듣지 않는 자유분방한 캐릭터로 그렸어요.

저 역시 빅토리아 시대의 여성이므로
독자들은 제 무의식에 숨은 구시대 사상의 잔재와 캐릭터의 한계를 느낄지도 몰라요.
하지만 이런 캐릭터로 모든 사람은 개성이 있다는 것,
세상에는 나와 다른 다양한 생각을 하는 사람들이 아주 많다는 걸 보여 주고
싶었어요.

베아트릭스 포터

"제가 바로 피터 래빗이에요.
여전히 아침에 일어나기 힘들고
아이처럼 캐릭터가 그려진 제품을 좋아하는데
시간이 흘러 어쩌다 어른이 되었어요.
사람들 시선에 많이 움츠러들기도 하고
근거 없는 비난에 흔들리기도 하는
여전히 서툰 어른…."

Contents

One 💕

당근뿐인 삶은 없어!

022 나쁜 기억
026 그럴 땐 휴식
030 꼰대
034 좋아하는 일
038 현실과 영화 사이
044 노력의 결과
050 실수투성이
054 나를 위한 핑계

Two

나만 그런 건가요?

060 자존감

064 페이스 조절

070 착한 아이 콤플렉스

074 충고라는 이름의 비난

078 상대적 박탈감

086 완벽주의

090 거절의 미학

094 개인의 취향

098 이상한 차별

Three

지금 불행하다면 다음은 행복일지 몰라

106 가치관

110 내 탓이야

114 나만의 길

118 비 온 뒤 맑음

124 행복 인터뷰

132 불의에 맞설 용기

136 시행착오

140 행복과 불행의 발생 빈도

Casting

피터
책임감 강하고 재치 있는 성격. 마술도 잘해서 친구들에게
인기가 많다. 하지만 아빠를 잃고
자꾸 어른이 되려고 한다. 다른 사람의 시선에
신경 쓰고 불필요한 걱정을 달고 산다.

엘린
피터의 여토친(여자 토끼 친구)으로 멘토 같은 존재다.
빨강머리 앤처럼 매사 긍정적이고 열정적이지만
좀 덤벙댄다. 자신의 느낌, 의견을 예의 바르게 잘 드러내
어른들과 친구들에게 인기가 많다.

소피아
피터의 엄마로 남편을 잃고 아이들을 홀로 키우고 있다.
강단 있는 성격이다. 온화하지만 화낼 때는 엄격하다.

톰
피터와 엘린의 절친한 친구인 고양이.
엄마가 입혀 준 옷을 항상 갑갑해 한다.

타바타 트왓칫
톰의 엄마로, 예의 없는 아이들을 아주 싫어한다.
남에게 보이는 걸 중요시한다. 아들인 톰이 예쁜 모자를
좋아하는 걸 이해하지 못한다.

피글링 블랜드
허가증이 없으면 다른 지역으로 이동할 수 없는 돼지 종족.
허가증이 없어 경찰을 피해 늘 도망 다닌다.

제미마
덤벙대는 집오리.
낳은 알을 모두 부화시키는 게 현재 목표다.
하지만 매번 실패해서 울상을 짓는다.

토드
동네에서 유명한 금수저 여우로, 가끔 창업 특강을 열지만
노력하라는 이야기밖에 하지 않는다.
오리 제미마, 피터와 엘린을 잡아먹고 싶어 한다.

터틀
결벽증이 있는 완벽주의자 숲 쥐.
뭐든지 완벽해야 하는 자신의 성격 때문에 힘들어 한다.

티미 윙클
숲속 세탁소를 운영하는 고슴도치. 빨래를 다 한 뒤 따뜻한
차를 마시며 여유롭게 휴식하는 것을 좋아한다.

'여기가 어디지?
순간 이동 마술을 했는데 왜 무대 뒤가 아닌,
동화 나라 같은 곳에 와 있는 거지?
이 편지는 또 뭐지?'

"프로 걱정꾼, 피터 래빗과 그의 친구들 고민,
25가지를 상담해 주시오.
상담을 마쳐야 다시 무대로 돌아갈 수 있습니다."

'고민 상담을 하라고?
여기가 어딘지도 모르겠고
앞으로 할 공연과 스케줄로 머리가 터질 것 같은데
일단 돌아가려면 상담을 해야 한다니…'

"피터, 요즘 어떤 일로 마음 앓이를 하고 있니?"

One

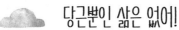

당근뿐인 삶은 없어!

나쁜 기억

그럴 때가 있어요.
나쁜 일이 있을 때,
그 나쁜 일보다
나쁜 일이 있었다는 생각에 사로잡혀
아무것도 할 수 없을 때.
나쁜 기억에 매몰되어 허우적대는 나 때문에,
내가 더 힘들 때.

"나쁜 기억이 쌓이면 귀가 구부러지는 것 같아."

머릿속 지우개가 필요해

나쁜 기억은 늘 나를 따라다녀요.

중요한 발표를 망친 적이 있어요.

심하게 떨렸고, 눈앞이 캄캄했어요.

입이 떨어지지 않아 자료 내용도 읽을 수 없었죠.

그 기억은 아직도 발표가 있을 때마다 나를 따라다녀요.

나쁜 기억이 회의실 맨 앞자리에

턱을 괴고 앉아 노려보는 것 같아요.

마치 내가 실수하기를 기다리는 것처럼요.

나쁜 기억에서 자유로워지고 싶어요.

나쁜 기억도 지울 수 있는 지우개가 있다면 좋겠어요.

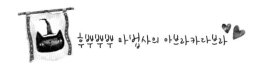
후후후후후 마법사의 아브라카다브라 ♥♥

나쁜 기억을 떨치는 법을 알려 줄게요.
어떤 기억으로 힘들다면 나쁜 기억을 버리는 연습을 해 봐요.

우선 눈을 감고 커다란 주머니를 떠올려요.
그리고 나쁜 기억 뭉치를 꺼내 버리는 거죠.
아, 영화 〈해리 포터〉에 나오는 헤르미온느의
'뭐든지 다 들어가는 주머니'가 있다고 생각해도 좋아요.
나쁜 기억을 주머니에 있는 힘껏 쑤셔 넣어요.
그리고 그 주머니를 우주선에 실어 저 먼 우주로 날려 버려요.

하루를 마무리하면서, 잠들기 전에 한 번씩 버리면
편하게 잠들 수 있을 거예요.

- 2 -

그럴 땐 휴식

어느 순간 모든 게 버겁고 부담되기 시작했어요.

예전에는 이렇지 않았는데,

어떻게 하면 좋을까요?

"빨래를 다 했으니 따뜻한 차 한 잔은 어떠니?"
"얼른 마시고 당근밭에 가 봐야 하니 찬물 좀 넣어 주세요."

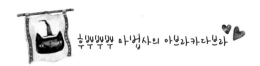
후루루루 마법사의 아브라카다브라

언제나 웃고, 언제나 힘낼 수는 없죠.
부담이 오고, 회의감이 드는 건 갑작스러운 일이 아닐 거예요.
아마 무의식은 전부터 당신에게 신호를 보냈을 겁니다.

옷을 몇 년 동안 빨지 않고 입는 건 불가능해요.
때가 타고, 냄새도 나니까요.
그럴 땐 세탁을 하죠. 때때로 수선도 필요해요.

마찬가지로 스트레스로 지저분해진 머릿속을
휴식으로 세탁해 보세요.
쉬면서 자신의 마음에 집중하면
삶의 균형이 어디에서 무너졌는지 보일 거예요.

휴식은 게으름도, 멈춤도 아니랍니다.

- 3 -

꼰대

"너는 커서 뭐가 될래?
그렇게 놀다간 백수가 되고 말 거다.
나 어릴 땐 너처럼 안 놀았어."
옆집 닭들의 이런 말, 참아야 할까요?

"취업은 언제 할래?"
"결혼은? 연봉은 얼마니?"
"2세 계획은 있지?"

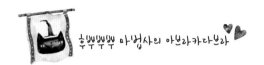

후부부부 마법사의 아브라카다브라

무례한 말에 기분이 상했다면 불쾌하다는 의사를 분명히 밝히세요.

그런 사람들이 있어요.
"요즘 애들은 말이야~"라는 진부한 구절로 운을 떼우는 사람들.
꼭 "나 때는 안 그랬는데. 나도 겪어 봐서 아는데."라고 말하죠.
요즘 청년들을 무시하면 안 되는 이유를 스스로 말하면서요.
무슨 말이냐고요?
말 그대로, 그때 살아 봤지, 지금 살아 봤나요.
내 기준으로 섣불리 남의 삶을 판단하면 안 되는 거죠.

사람들은 각자 다른 삶을 살아요.
뭔가를 이루기 위해 노력한 정도도, 절실한 정도도 다르죠.
어떻게 살아왔고, 또 어떻게 살아갈지는 그 사람만 알아요.
그게 바로 우리가 남의 삶을 함부로 재단하면 안 되는 이유예요.

- 4 -

좋아하는 일

제 친구는 벌써 대학을 졸업하고
좋아하는 일을 하고 있어요.
저는 왜 좋아하는 일이 없을까요?
좋아하는 일이 꼭 있어야 할까요?

"저는 뭘 하면 좋죠?
제가 뭘 좋아하는지 잘 모르겠어요."

후부루루루 마법사의 아브라카다브라

♪♪~

미국 브루클린 연구소에서
아이비리그 졸업생을 대상으로 실시한 연구 통계에 따르면
좋아하는 일을 직업으로 가진 사람은 17퍼센트에 불과하다고 해요.
내가 83퍼센트 안에 드는 게 불행하거나 이상한 일일까요?

조금이라도 좋아하는 일을 꿈이나 직업으로 삼으면 좋을까요?
글쎄요. 장담할 수 없어요.
어떤 일을 30퍼센트만 좋아한다면
돈을 벌기 위해서 하기 싫은 70퍼센트의 일을 해야 할지 몰라요.
만약 일이 적성에 맞지 않다면
약간이라도 좋아하던 일이 싫어지기 쉽겠죠.
그러니 꼭 좋아하는 일을 꿈이나 직업으로 연결하지 않아도 돼요.
좋아하는 일은 소소한 취미로 두는 게 어쩌면 더 좋을지도 몰라요.

-5-

현실과 영화 사이

당근밭을 가꾸려고 하는데,
사실 좋아하거나 관심이 있는 일은 아니에요.
이런 어정쩡한 마음으로 해도 될까요?

당근밭을 가꾸느냐,
상추밭을 가꾸느냐,
가게를 여느냐.
그게 문제예요.
뭔가를 하긴 해야 하는데….

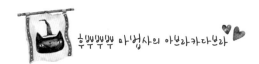
후부부부부 마법사의 아브라카다브라 ♥♥

영화나 드라마를 보면 주인공의 각성을 돕는 장면이 나와요.
예를 들어 영화 〈아이언맨〉에서 주인공 토니 스타크는
아프가니스탄에서 게릴라군에 습격받고 극적으로 목숨을 구하죠.
심장에 기계를 심고 미국으로 돌아온 그는
군수산업을 그만두고 아이언맨 슈트를 만들어요.
자신이 만든 무기에 목숨을 잃어가는 난민들을 구하기 위해서요.

하지만 영화는 영화일 뿐, 현실에서 우리의 결심은
아주 작은 사건에서 비롯되는 경우가 많아요.

제 이야기를 조금 해 볼까요?

사춘기에 들어서면서, 여자 친구를 사귀고 싶었어요.

그때 일본 여행 중 우연히 들른 마술 상점에서 동전 마술을 접하고

'이거다!' 하는 생각에 마술을 처음 시작했죠.

'이성 친구들에게 인기가 많아지겠지?' 하는 유치한 기대를 하면서요.

그런데 지금은 그냥 마술이 좋아요.

마술 없는 삶은 상상할 수 없을 정도로 말이에요.

무언가를 하는 데 꼭 대단한 계기나 굳은 결심, 열정,
숭고한 의지가 필요한 건 아닙니다.
우연히 시작한 일이 인생에서 가장 중요해질 때도 있거든요.
그러니 아주 작은 일이라도 해 봐요.
어떤 일이 터닝 포인트로 작용할지, 아무도 모르잖아요.

- 6 -

노력의 결과

열심히 노력하면
당연히 좋은 결과로 이어지는 줄 알았어요.
그런데, 노력의 기준이 뭘까요?
한다고 했는데 잘 되지 않았을 때,
제 방법이 잘못됐다고 하니 허탈해요.
정말 노력과 결과가 비례할까요?

이상하죠?
어떻게 해도 뚫리지 않는 관문이 있어요.

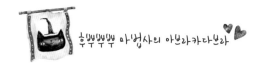

흔히 노력하면 뭐든 못 할 게 없다고 얘기해요.
토드 씨는 동물들을 위한 취업 특강에서
노력해서 안 되면 노력보다 더한 노력,
'노오력'을 하라는 말도 했어요.
하지만, 노력에도 한계라는 게 있답니다.

그거 알아요?

무슨 간식이든 잘 만드는 타비타도

사과 파이는 몇 년째 노력해도 실패해요.

제미마는
알 10개를 모두 부화시킨 적이
거의 없답니다.

당근 농사도
잘 되는 해가 있고,
잘 안 되는 해가 있죠.

노력해도 잘 안 될 수 있다는 걸,
노력이 헛되지 않았다는 걸 알았으면 해요.
자신에게 후회 없을 만큼 노력했다면,
실패해도 자신을 위한 값비싼 양분이 될 테니까요.

노력해도 안 되는 이유를
내 노력이 부족해서라고 자신을 다그치지 마세요.
불행하게도 우리 삶에 넘어야 할 산은 정말 많아요.

그러니 앞으로의 등반을 위해서 자신을 괴롭히기보다
여기까지 올라온 자신의 노력을 칭찬해 주면 어떨까요.

실수투성이

첫 당근 농사를 완전히 망쳐 버렸어요.
다음에는 성공할 수 있을까요?

"내 당근들이 다 죽다니!"

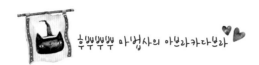

후루루뿌뿌 마법사의 아브라카다브라

처음엔 누구나 실수를 해요.
사람은 수식을 입력하면 정확히 결과가 나오는 기계가 아니니까요.

저도 무대에서 실수할 때가 많아요.
하지만 깊게 생각하지 않죠.
'오늘은 불행한 날이구나.' 하고 넘기려 노력해요.
이미 일어난 일이고, 저지른 일을 계속 생각해 봐야
우울해지기만 한다는 걸 알거든요.

제가 실수했을 때 하는 일은 딱 하나뿐이에요.
실수를 메모하는 거죠. 왜 이런 상황이 벌어졌는지 정리해요.
이렇게 하면 다음에 같은 실수를 할 확률이 줄어들거든요.
오히려 처음에 저지른 실수가 다음을 위한 발판이 되죠.
그러니 '그럴 수 있다'라고 실수에 관대한 마음을 갖는 건 어떨까요?

나를 위한 핑계

어떤 일을 잘하고 싶을 때
말도 안 되는 실수를 저질러요.
친해지고 싶은 친구 앞에서
마음과 다른 말이 튀어나와요.
수습하다 보면 아무 말 대잔치가 되죠.

계단에서 넘어진 엘린에게 바보 같다고 했어요.
엘린이 민망해할까 봐 농담을 하려던 건데, 왜 그런 말이….

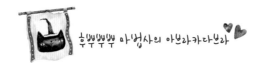
후루루루루 마법사의 아브라카다브라

새 학기, 입사 초, 거래처 미팅 등
새로운 사람과 만날 때나
친해지고 싶은 사람 앞에 서면
긴장해서 평소에 하지 않는 실수를 할 수 있어요.

저도 그럴 땐 제가 바보같이 느껴져요.
그 일을 해결하려고 하다가 더 큰 실수를 저지르기도 하죠.
그런데 실수 좀 하면 어때요.
일부러 그런 것도 아닌데요.

가끔은 나를 위한 핑계를 만드는 것도 괜찮아요.
누구나 실수할 수 있다고, 처음이라 서툰 거라고,
자신을 다독여 주세요.
움츠러들지 않게, 다시 시도할 수 있게요.

Two
나만 그런 건가요?

- 9 -

자존감

심한 질책을 받을 때면
모두 나를 미워하는 것만 같아요.
그럴 땐 내 삐죽 솟은 귀도
빼꼼 내민 앞니도 못생겨 보여요.
아무도 이런 나를 좋아하지 않을 것만 같아요.

"내가 너무 보기 싫어."

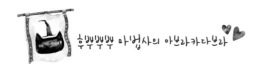

후후뿌뿌 마법사의 아브라카다브라

나를 사랑하는 연습을 해 보세요.
내가 나를 아끼고 사랑하는 마음은
다른 사람들의 공격을 이겨 내는 힘이 돼요.

슬프거나, 힘들고 외로울 때
다른 사람에게 의지할 수는 있지만,
결국 동굴에서 나를 꺼내 줄 사람은
나밖에 없어요.

나를 사랑하는 마음이
동굴에 숨은 나를 꺼내 줄
힘이 될 거예요.

-10-

페이스 조절

매일 아침, 같은 지하철을 타는
톰이 갑자기 뛰는 거예요.
전 매일 나오던 시각에 여유롭게 나왔지만
엘린까지 뛰니까 지각인 줄 알고 따라 뛰었죠.
그런데 톰이 갑자기 멈추더니
뭐라고 한 줄 아세요?
"아… 시계 잘못 봤다."

"엘린, 왜 다른 상추는 커 보이는데 내 것만 작아 보일까?"
"작은지는 모르겠는데, 다른 것보다 훨씬 싱싱해 보여."

네가 꿈꾸는 삶을 그려 봐

오랜만에 새벽에 일어났어요.
좀 더 누워 있을까 하다
오늘 해야 할 일들을 우선순위별로 다이어리에 정리했죠.
조용하기도 하고, 다른 업무로 흐름이 끊기지도 않아서인지
그동안 며칠씩 야근하면서 고민해도 떠오르지 않던
신제품 카피 문구도 떠올랐어요.

근처 카페에 들러서 따뜻한 아메리카노도 한 잔 사서
오랜만에 일찍 출근해서 업무를 시작했어요.
일이 많아서 오늘은 야근해야 할 거라고 생각했는데
오후 5시에 중요한 일을 다 끝냈죠.
오늘은 모처럼 칼퇴근하려고 했는데
동기들은 오늘 야근한다고 해서 저도 야근해요.

사실, 오늘 중요한 일도 다 끝냈고
새벽에 일어나서 좀 피곤하기도 해요.
하지만 남들은 다 일하는데 저만 뒤처질 수는 없잖아요.
퇴근해도 발 뻗고 못 쉴 것 같아요.

후루꾸꾸꾸 마법사의 아브라카다브라 🖤🖤

뛰어갈 타이밍이 아닌데 남들이 뛴다고 따라 뛸 필요는 없어요.
오히려 더 금방 지칠 뿐이에요.

마음이 이끄는 삶의 리듬에 맞춰 천천히 나아가면 돼요.
그렇게 하루하루 살아가면 어느 순간
꿈꾸던 삶의 순간들을 마주하게 될 거예요.

내 페이스에 맞춰서 달려갈 힘이 나면 뛰고,
방전되면 휴식도 취하면서 말이에요.

착한 아이 콤플렉스

어릴 적 많이 들었던
"너보다 다른 사람을 먼저 배려해야 한다."라는 말.
그 말이 지금 나를 망치고 있는 것 같아요.

"동생들 잘 돌보고,
사촌들 오면 장난감도 양보하고."

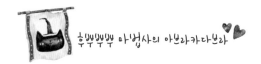

후뿌뿌뿌 마법사의 아브라카다브라 ♥♥

우리는 어릴 때부터 나보다 상대방을 더 배려하는 게
미덕인 것처럼 교육받았어요.
선생님들이나 부모님과는 의견을 나누기보다는
시키는 대로 따르면 되고요.
그래서 어른이 되어도 내 감정을 돌보기보다는
다른 사람들 눈치를 보곤 해요.

저도 얼마 전까지 착한 아이 콤플렉스가 있었어요.
손해를 봐도 다른 사람을 배려하는 게 맞다고 생각했어요.
누군가와 마찰이 생기면 스트레스를 심하게 받았거든요.
착한 척한다며 욕먹을 때도 많았죠.
그럴 때마다 생각했죠.
'대체 왜 이런 일이 일어나는 걸까?'라고요.
상처가 무뎌질 때쯤 깨달았어요.
노력해도 저를 싫어하는 사람은 싫어하고,
모든 사람의 기분에 나를 맞출 수 없다는 걸요.

이제 다른 사람은 그만 배려하고,
뭉개진 파이처럼 너덜너덜해진 내 기분을 먼저 생각해요.

-12-

충고라는 이름의 비난

다른 사람이 하는 말에 자꾸 휘둘려요.
눈치를 보게 되고, 기가 죽죠.
내가 정말 그런 사람인 것만 같아 불안해져요.
사람을 만나고, 새로운 일을 시도할 때도
걸림돌이 되는 것 같아요.
사람 많은 곳에 가는 것도 무서워요.

"내가 말썽쟁이일까, 엘린?"
"무슨 소리야? 너처럼 귀여운 토끼가 어딨다고!"

다른 사람 말에 휘둘리는 내가 싫어요

단단한 보호막이 있으면 좋겠어요.

주눅 들게 하는 공격으로부터 나를 지켜 주는.

말도 안 되는 소리를 새겨듣지 않고

다 튕겨 낼 수 있게 말이에요.

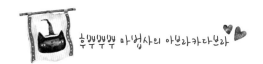
후우우우 마법사의 아브라카다브라 ♥♥

충고라는 이름으로 비난하는 사람이 있습니다.
다른 사람을 마음대로 판단하고, 규정짓죠.
저도 그럴 때, 제가 잘못한 것 같아 괴로웠어요.
그 사람이 왜 그렇게 생각하게 되었을까,
어떻게 하면 오해를 풀 수 있을까,
생각이 꼬리에 꼬리를 물어 잠 못 이룬 적도 많아요.
그 사람의 판단이 사실이 아니라도 상처가 됐어요.
그런데, 어느 순간 부정적인 생각과 말을 하는 사람은
불행하겠다는 생각이 들었어요.
안타깝지만, 내가 그 생각을 바꾸어 주기는 쉽지 않겠다는 생각도 함께요.

그 사람의 생각을 바꾸기 위해, 좋은 모습을 보여 주기 위해 애쓰지 말아요.
있는 그대로의 나를 사랑해 주는 사람들과 행복하면 그만이니까요.

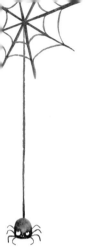

상대적 박탈감

제 친구들은 취준생이거나 사회 초년생이에요.
그래서 차를 살 때도 중고차나
48개월 할부로 소형차를 사곤 하죠.
그것도 학자금 대출 없고
연봉 높은 친구들이나 가능한 일이에요.
그런데 대학 때 공모전에서 알게 된
로라의 SNS를 보니
비싼 스포츠카를 몰고 다니네요.

그녀의 삶은 늘 좋아 보여요

로라의 SNS를 보다 댓글을 단 사람들의 계정에도 들어가 봤어요.
친구들도 다 럭셔리해 보였어요. 리조트가 멋있어서 알아봤더니
회원들만 갈 수 있는 곳이었어요. 제가 너무 초라하게 느껴졌어요.
편의점에서 졸음을 참아 가며 야간 아르바이트를 할 때도,
선배들 커피 심부름할 때도 늘 긍정적인 나였는데….

그런데 어제 레스토랑에 갔다가 놀라운 사실을 알게 됐어요.
부잣집 딸인 줄만 알았던 로라가 머리를 질끈 동여매고
레스토랑에 와서 밥은 안 먹고
곳곳을 돌아다니며 사진만 찍는 거예요.

"너, 로라 아니니? 나 엘런이야."

"엘런? 반갑다. SNS에서 종종 소식 봤어.

난, 취업이 안 돼서 SNS에 제품 리뷰 찍어서 올리는 알바해."

"엘린, 넌 졸업하자마자 취업도 하고,
여기 꽤 비싼 레스토랑인데, 이런 곳도 다니고 부럽다."

"나도 100군데 넘게 이력서 쓰고 면접 보러 다녔어.
SNS에 올린 레스토랑 사진도 거의 회식이나 미팅 때 찍은 거야.
메뉴 나올 때마다 사진 찍으면 선배들이 촌스럽다고 구박해."

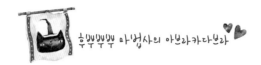

후루루뿌뿌 마법사의 아브라카다브라

매직 프로듀스 101 시즌 구

우린 각자가 처한 고민과 삶의 무게는 보지 못한 채
그저 자신은 하위권, 다른 사람은 상위권의 삶을 산다고 믿으며
자신을 초라하게 만들 때가 있어요.

저도 SNS를 해요. 그곳에 생각과 고민을 적기도 하고
평소 나와 다른 모습의, 연출된 사진을 올리기도 해요.
그 사진을 찍을 때 얼마나 많은 B컷이 있었는지
구구절절 적지 않을 때도 있죠.
편집된 SNS 화면에 너무 많은 의미를 부여하지 않았으면 해요.
수많은 일상의 한 조각일 뿐이잖아요.

오래전, 누군가의 앞에 서기에는 재능이 부족하다고 생각한 적이 있었어요.
마술 대회를 나가거나 마술 공연을 할 때는 자신 있었는데,
방송 연예 프로그램에 나가서 노래도 잘 부르고, 연기도 잘하는
연예인들과 비교하니 내가 별 것 아닌 사람 같았어요.
그런데 지금은 달라요.
다른 사람의 삶과 내 삶을 비교하는 오류를 범하지는 않아요.
대단해 보이면 뛰어난 사람이라고 생각하고 박수치면 그뿐이죠.
각자 가진 재능은 다르잖아요. 발현 시기와 주목받는 무대가 다를 뿐이죠.

-14-

완벽주의

완벽해야 한다는 강박증이 있어요.
어떤 일이든 완벽하게 끝내지 않으면
잠도 못 잘 정도죠.

"작든 크든 일단 주어진 일을 끝내는데
지나칠 정도로 많은 에너지를 소비해요.
이런 성격 때문에 고생이 심한데, 어떻게 해야 할까요?"

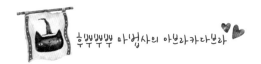

후무무무 마법사의 아브라카다브라

답이 될 수 있을지 모르겠지만
완벽이라는 게 없다고 생각하면 좋겠어요.
'완벽'이라는 말은 실현 불가능한 단어거든요.

저도 수많은 공연을 했지만 한 번도 완벽한 공연을 해 본 적이 없어요.
실수 없이 공연을 끝낼 수는 있겠죠.
하지만 고객에게 불만이 없던 적은 단 한 번도 없었고,
어떤 관객은 스태프에게 함부로 대하는 경우도 있었어요.
모든 것이 100퍼센트 순조롭고 깔끔하게 끝난 적은 없었죠.

사실 완벽은 이뤄도 문제가 됩니다.

일본의 국민 마술사 미스터 마릭이 제게 해 준 말이 있어요.

"많은 사람이 알아보고 인정하는 마술을 해도 자만하지 말라. 그리고

방송에 나와서 한 마술이 대박 나도 방송된 순간 바로 잊어라."

한 번 완벽하다고 생각하는 어떤 일을 해내면,

그것에 사로잡혀 새로움을 추구하는 일에 게을러진다고요.

그러니 완벽해야 한다는 생각의 스위치를

의도적으로 끄는 연습을 해 보는 건 어떨까요?

굳이 완벽하지 않아도 될 일이 굉장히 많아요.

거절의 미학

자취방에 함부로 찾아오는 친구,
싫지만 사이가 나빠질까 봐
거절하질 못하겠어요.

"불쑥 찾아와서 식사도 하고 가시게요?
"오, 우리 사이에 무슨. 혹시 꿀은 없소?"

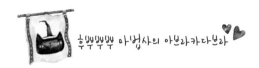
후우우우 마법사의 아브라카다브라 ♥♥

어쩌다 한 번 들어준 일을 여러 번 부탁받아 당황스러울 때가 있어요.
'이건 아닌 것 같은데.'라는 생각이 들어도 관계가 나빠질까 봐,
혹은 나쁜 사람으로 보일까 봐 억지로 받아들일 때가 있죠.
결국 부담감에 마음고생을 합니다.
소심한 쥐 티틀이 불청객 여우 토드의 갑작스러운 방문을
억지로 허락했던 것처럼요.

아니다 싶은 생각이 들면 아닌 겁니다.
만약 부탁받은 일이 부담스럽게 느껴진다면,
만약 상대방이 너무 당연하게 내 호의를 요구한다면 딱 잘라 거절하세요.
너무 받아 주거나 거절도 승낙도 아닌 애매한 상황을 지속한다면,
무례한 상대방은 계속 부탁해도 된다고 받아들일 수도 있어요.
거절할 때는 단칼에, 확실하게!

-16-

개인의 취향

저는 빨간 스카프를 좋아해요.
제 파란 재킷에 달린 금 단추와 아주 잘 어울리거든요.
그런데 촌스럽다고 놀리는 친구가 있어요.
당근을 좋아하는 것도,
카페에서 민트 초코를 주문하는 것도,
누군가는 이해할 수 없다는 표정을 지어 보여요.

"내 취향을 왜 다른 사람에게까지 이해받아야 하죠?"

취향 존중을 부탁드릴게요.

남자다운 건 뭐고, 여자다운 건 뭐죠?
그냥 나답게 살면 안 되나요?
나답게, 피터답게.

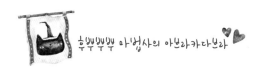
후루루루루 마법사의 아브라카다브라

저는 쉴 때 책을 읽거나 마술 연습을 해요.
제게는 가장 좋은 휴식 방법이에요.

그런데 이렇게 휴식을 취하는 제게 사람들은
쉴 땐 좀 쉬라고 얘기하죠.
제게는 휴식인 독서와 마술 연습을
골치 아픈 일의 연장으로 생각하는 사람,
여행을 떠나거나 아무것도 하지 않고 푹 자는 것만이
온전한 휴식이라고 생각하는 사람도 있으니까요.

좋아하는 게 다를 수 있어요.
하지만 다른 게 틀린 건 아니잖아요?
남의 생각과 일반적인 기준에 얽매여 살면 그게 나인가요?
나인 척하는 남이죠.

이상한 차별

저는 피클링 블랜드,
차별받는 돼지 종족이에요.
허가증이 있어야만 마을 밖으로 이동할 수 있어요.

그 이유가 뭔지 아세요?

돼지는 시장에 팔리거나 베이컨이 되어야 하기 때문이에요.

맛있어 보인다면서요.

차별이 사라지면 좋겠어요.

저만 그런 게 아니에요. 우리 주위에는 수많은 차별이 있어요.
나이가 적다는 이유로, 집값이 싼 동네에 산다는 이유로,
성형했다는 이유로, 뚱뚱하다는 이유로
놀림을 당하기도, 부당한 대우를 받기도 하죠.

어릴 적부터 작은 울타리 안에서 살았던 저는
"돼지니까 어떤 취급을 받아도 어쩔 수 없어."라는 말이 맞는 줄 알았어요.
하지만 허가증을 버리고 도망치면서 그렇지 않다는 걸 알았죠.

우리는 멍청하고 둔하지 않아요.
똑같이 상처받고 힘들어하는데,
이걸 어떻게 해야 알아줄까요?
저도 더 이상 도망치며 살긴 싫어요.

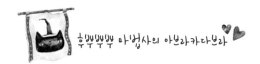
후루루루루 마법사의 아브라카다브라

젊은 마술사들에게는 고민이 있어요.
결혼을 생각할 때, 마술사라는 직업이 상대방의 부모님께
결혼을 승낙받는 데 걸림돌이 된다는 거예요.
마술사라는 직업이 안정적이지 못하고
수입이 적을 거라는 편견 때문이지요.

어떤 사람을 편견을 가지고 본다고 해서
그 사람의 본질이 바뀌는 건 아닌데도
그런 잘못된 시선이 힘들 때가 있죠.
그렇다고 모든 사람의 잘못된 시각을
일일이 바로잡아 줄 수 있는 일도 아니고요.

내가 좋아하는 일이라고 모든 사람에게 인정받을 수는 없어요.
편견에 부딪혔을 때,
때로는 '저 사람은 저렇게도 생각할 수 있구나' 하고
넘겨야 내게 상처로 남지 않을 때도 있답니다.

피 터 와 얼 린

103

Three

지금 불행하다면 다음은 행복일지 몰라

-18-

가치관

'나답게 살기'
많이 듣는 말이지만
실현하기 막막한 일이에요.
어떻게 해야 하는지
누가 방법을 알려 주는 것도 아니고요.

"나다운 게 뭘까요?
획일적인 교육을 받고
남들과 똑같이 살 것을 강요받다가
나답게 살라고 하니 어려워요."

후부뿌뿌 마법사의 아브라카다브라

'나답게 살기'의 첫걸음.
자신의 가치관에 대해 한번 생각해 보세요.
가치관은 삶의 기둥, 틀이라고 생각하면 돼요.

가치관을 세우기 위해서는
우선 자신이 중요하게 생각하는 가치가 무엇인지 알아야 해요.
가치관이 반죽이라면, 가치는 가치관을 만들기 위한 재료,
밀가루나 달걀, 설탕, 소금 등이라고 할 수 있죠.
같은 교육을 받아도 자란 환경이 다르고 경험한 것들이 달라요.
이를 기반으로 생겨나는 가치,
즉, 삶에서 추구하는 방향도 당연히 다를 수밖에 없죠.

이 세상에는 셀 수 없을 정도로 많은 가치가 있어요.
친구, 사랑, 가족, 직장, 재미, 진정성, 예의범절 등.
수많은 가치 중 당신이 추구하는 가치가 여러 개 있을 거고,
중요하게 생각하는 순서가 다를 거예요.

당신이 어떤 가치를 중요하게 여기는지 정리해 봐요.
그림도 밑그림이 있으면 색을 잘 칠할 수 있는 것처럼
가치관을 정립하면 어디서부터 걸어 나가야 할지,
어디서부터 색을 칠해야 할지 보일 거예요.

-19-

내 탓이야

나 때문이라고 생각했어요.
내가 없었으면, 나만 잘했으면
그런 일은 없었을 거라고 생각하니
내가 싫어졌어요.

"피터, 모든 게 네 탓이라고 느낀 적 있어?"

"응, 아마 그때쯤이었을 거야."

돌고 도는 게 인생이죠 뭐

독한 감기에 걸린 적이 있었어요.

당근 수프를 먹고 싶다고 떼썼고, 아빠가 당근을 구하러 나가셨다가…

못된 당근밭 주인 맥그레거 아저씨에게 붙잡혀 하늘나라로 가셨어요.

모든 게 제 탓인 것만 같았어요. 사람들과도 늘 부딪쳤죠.

아빠 없는 아이라고 얕잡아 볼까 봐, 강한 척했어요.

어느 날, 친구들과 싸우고 있는 저를 보고 엄마가 꼭 안아 주며 말하셨어요.

"그동안 혼자 얼마나 마음 앓이를 한 거니, 네 탓이 아니야. 그건 사고야."

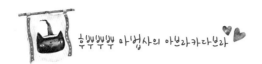

불행이 닥치면 그릇된 해석으로 자신을 괴롭히는 사람들이 있어요.
모든 일을 자신의 탓으로 돌리고 벼랑 끝까지 몰아넣죠.
불행한 순간에야말로 지치고 힘든 자신을 다독이고 안아 줘야 해요.
자신이 탓이 아니니까요.

-20-

나만의 길

엘린도 당근 농사를 시작했어요.
엘린은 뭐든 빨리 배워요.
이런저런 책을 뒤지고
마을 사람들에게 농사법을 물어보더니
올해는 예쁜 당근을
저보다 더 많이 수확했어요.

"엘린, 이거 다 네 밭에서 나온 거야?"

"응! 많지? 나도 신기해."

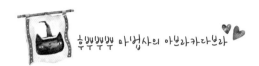

후부부부 마법사의 아브라카다브라

나보다 빨리 무언가를 해내는 친구를 보면
부럽기도 하고, 한편으로는 질투도 나요.
'혹시 내가 잘못하고 있나?'
'뒤처지고 있나?' 하고 불안한 마음도 들죠.

전 일이 잘 안 풀릴 때
그 일을 산책이라고 생각해요.

다들 산책하는 방법이 다르잖아요?
누군가는 멋진 자연을 배경으로 셀피를 찍고,
어떤 사람은 킥보드를 타며 부드러운 바람을 느끼죠.

같은 곳을 산책해도 방법도 보는 것도 모두 다르듯,
일을 완성해 가는 과정도 모두 달라요. 정답은 없죠.
내가 선택한 방법에
확신을 가지고 조급해하지 않으면서
나만의 길을 만들어 가면 돼요

비 온 뒤 맑음

우산 없이 비를
흠뻑 맞은 뒤에 알았어요.
예고 없이 내리는 비를
멈추게 할 방법은 없다는 걸.
조바심 내고 짜증 낸다고
비가 그치지 않는다는 걸
말이에요.

"역시… 난 되는 일이 하나도 없어.
왜 내가 제주도에 오니까 비가 오냐?"

"네가 와서가 아니라
원래 제주도에는 비가 자주 와.
어떻게 할 수 없는 일로 우울해하지 말고
재미있는 일을 찾아보자."

"SNS로 '비 오는 날 제주' 검색하니까
'감성 충만 카페 여행',
'비 오면 더 운치 있는 숲길 걷기'가 뜨는데
우리 뭐부터 해 볼까?"

"당근 카페도 좋고, 숲길 걷기도 좋아.
비 올 때마다 제주도에서의 시간이 떠올라 행복할 거야."

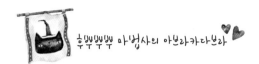
후후후후후 마법사의 아브라카다브라

예고 없이 내리는 비를 맞으면서
불행과 닮은 점이 많다고 생각한 적이 있어요.
불행한 일은 한꺼번에 몰아서 오듯
장대비가 몰아치면 설상가상으로 천둥 번개까지 치죠.
그런데 참 신기한 게 뭔지 아세요?

비는 언젠가 그친다는 것,
비 온 뒤에는 전보다 더 맑게 갠 날을 볼 수 있다는 것,
누구나 예고 없이 내리는 비를 맞을 수 있다는 것.

비가 오면 우울해하는 대신
구름 뒤 숨겨진 맑은 날을 기다리며
즐거운 상상을 해 보면 어떨까요?

행복 인터뷰

하루하루 열심히 산다고 생각했는데
왠지 모를 삶의 무게가 어깨를 짓누를 때가 있어요.
그럴 땐 풍선을 불면 행복해져요.
모든 걸 다 털어버리고 하늘 위에 둥둥 떠서
어디든 날아갈 수 있을 것만 같거든요
다른 사람들은 언제 행복할까요?

행복은 어떤 기분이죠?

- - - - - - - - - - - - - - - - - - - -

엘린을 만나러 가는 길은 설레고 행복해요.
길모퉁이에 있는 평범한 카페도 예뻐 보이고,
오르막길을 오를 때도 웃음이 나요.
이런 게 행복일까요?

제 앞니가 왜 이렇게 튀어나왔는지 아세요?
당근은 와삭 깨물어서 아그작, 아그작
소리를 내면서 먹어야 제맛이거든요.
그런데 다른 사람들과 먹을 때는 식사 예절을 지키느라
앞니로만 조심조심 먹었거든요.
그래서 싸구려 당근이라도 맘 편하게 먹을 때 행복해요.

우리 아이들이 늘 행복했으면 좋겠어요.
뉴스에서 갑질 논란 이야기가 나올 때마다
하루하루 열심히 사는 우리 아이들이
혹여나 마음 다칠 일이 생기지 않을까 걱정이 돼요.

다른 동물들보다 몸집이 큰 돼지라고, 집이 없다고
식료품점에 음식이 없어질 때마다 늘 도둑으로 오해받아요.
그때마다 피터의 엄마는 식료품점 주인에게 "증거도 없이 편견만으로
피글링 블랜드에게 누명을 씌우지 말아요."라고 말씀하시죠.
누군가 우리를 편견 없이 믿어 준다고 생각하면 행복해요.

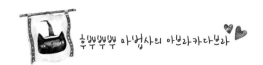

후부부부 마법사의 아브라카다브라

저는 누군가에게 고맙다는 생각을 할 때 행복해요.

무대 뒤의 많은 사람이 마술 공연을 위해 힘씁니다.

함께 마법 같은 스토리를 구상하는 후배 마술사,

멋진 옷을 코디해 주는 스타일리스트,

그리고 늘 곁에서 사람들과 소통하며 부족한 것을 챙겨 주는 매니저….

60여 명의 사람이 최현우라는 마술사를 만들어 줘요.

힘들고 지쳐서 쓰러져 버릴 것 같은 순간에 생각해요.

이렇게 많은 사람과 함께하는,

나는 정말 행복한 사람이라고 말입니다.

그 생각 하나면 다시 일어날 수 있어요.

불의에 맞설 용기

사실 저도….
당근을 훔친 도둑으로 몰리게 될까 봐 두려워요.
곡괭이를 들고 쫓아오는 맥그레거 아저씨도요.
무엇보다 제가 사랑하는 엄마가
제 행동을 그저 말썽으로만 생각하는 게 슬퍼요.

당근밭의 주인은 우리 토끼들이었어요.
맥그레거 아저씨가 울타리를 치기 전까지는요.
다른 토끼들은 당근밭을 포기하자고 했지만,
저는 그게 어쩐지 비겁하게 느껴졌어요.

도둑 맞은 기분

우리는 뜨거운 햇볕과 지독한 거름 냄새를 참아 가며 밭을 일구었어요.
이제 수확만을 남겨 두고 있었는데… 정말 도둑맞은 기분이에요!
저는 맥그레거 아저씨께도 똑같은 기분을 느끼게 해 주고 싶었어요.
그래서 당근을 훔쳤죠. 물론 이건 우리 토끼들의 당근이지만요.

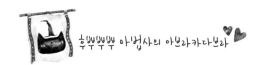
후루루루루 마법사의 아브라카다브라 ♥♥

피터는 정말 현명한 토끼네요.
저도 예전에는 갈등을 피하고자
제가 불편함을 감수하거나 참아서 평화롭게 넘어갈 수 있다면,
굳이 문제 삼지 않으려는 습관이 생겼죠.

하지만 때로는 피터처럼 어떤 일에 맞설 용기도 필요합니다.
힘들어 보여도 해 보고 포기하는 것과,
안 해 보고 포기하는 것은 다르니까요.
안 해 보고 포기했다가 후회하는 건
아쉽기도, 안타깝기도 한 일이거든요.

지금 피터의 기분은 어떤가요?
혹시 후회가 남나요?
그렇지 않으면 잘한 결정이라고 생각해요.
저는 어떤 선택을 해도
후회가 남지 않을 선택을 하는 편을 택하는 게 좋거든요.

시행착오

실패의 후유증이 너무 길어요.
슬럼프가 찾아온 건지
정말 내 길이라고 생각한 일인데
손도 대기 싫어요.

"어떤 일에 몇 번이나 도전해도 잘 되지 않을 때는
어떻게 하면 좋을까요?"

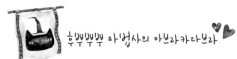

후부부부 마법사의 아브라카다브라

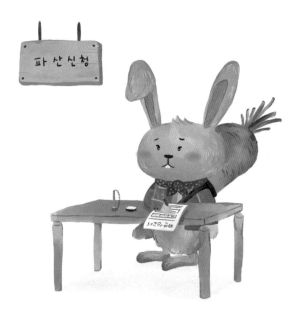

파산신청

실패는 씁니다. 마음도 아프고, 눈물이 나올 때도 있죠.

감당하기 힘들 때도 있어요.

그렇지만 무언가를 달성하는 데 공짜는 없어요.

어떤 단계를 거쳐 목표를 이루기 위해서는

불행에 지지 않을 마음 연습을 해야 하죠. 연습 시간은 혹독하니까요.

행복하게 최고 단계에 오르려고 하는 건, 어쩌면 욕심일 수도 있어요.

그래서 우리는 조금 더 불행해질 필요가 있는지도 몰라요.

원하는 것을 얻기 위해서요.

열심히 노력해도 안 되는 일도 있어요.

그럴 땐 관점을 바꿔 보세요.

이 일은 내가 하기엔 힘든 일이라는 걸 깨닫는 거죠.

포기하고 빨리 다른 일을 찾아보는 게 현명한 방법일 수도 있어요.

혹은 조금 더 시행착오를 견딜 마음이 생긴 후 다시 도전해도 좋을 거예요.

행복과 불행의 발생 빈도

불행이 주기적으로 찾아와요.
벗어난 줄 알았는데
자꾸만 불행이 찾아오면
'내 삶에 무슨 문제가 있는 거지?'라는 생각이 들어요.
이젠 불행이 일상이에요.

"어떻게 끊임없이 불행할 수 있죠?"

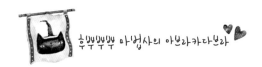
후루루루 마법사의 아브라카다브라

이건 확실하게 답할 수 있어요.
원래 불행은 길고 행복은 짧다는 걸요.
인생은 늘 70퍼센트의 불행으로 가득 차 있고,
행복은 30퍼센트만 있을 뿐이죠.
그래서 사람들이 행복을 달콤하게 느끼고,
행복을 좇는 거라고 생각해요.

그러니 불행이 왔을 때 나에게만 불행한 일이 계속된다고
생각하지 않았으면 좋겠어요.
지금 나를 죽을 만큼 힘들게 하는 불행한 일이
어떤 사람은 이미 오래전에 겪어 낸 일일 수도 있고,
나는 불행하다고 생각하는 일이지만
다른 사람은 행복으로 가는 과정이라고 생각할 수도 있으니까요.

그런 것처럼 불행에 대해 너무 생각하면
짧은 행복이 찾아온 줄도 모르고 불행하기만 할 걸요.
불행할 수도 있다고 마음을 내려놓는 게 삶을 살아갈 때 편할 거예요.
그러면 불행에 가려진 행복들도 조금씩 모습을 드러낼 겁니다.
삶은 늘 불행하지만 스스로 작은 행복을 조금씩 찾아가는 소확행,
그 정도가 좋다고 생각해요.
작은 행복이 반복된다면 늘 우울하지도 않을 거예요.

이제 내가 행복해지는 마술을 할 거야